歌集

雪ふれば雪　花咲けば花

山田純華

角川書店

序

櫻井登世子

この現実を知って欲しい

いま私達が日常使っている電気、その電気からもたらされる諸々の機器が、どのようにして動き、どうした道筋で働いているのかを考えたことがあるだろうか。あまりにも日常の便利さに馴れてしまっていてそうしたことを考え直してみたこともないのは私だけではないだろう。

いま私はそのことに思いを致し、日本の電力の道筋を改めて考えてみたいと思うのである。なぜいま、そんなことを私は言い出すのか。

それは原子力発電所事故による被害者、被害地のことを身近に識ることになったからだ。

実は私達の短歌の仲間の住んでいる地が原子力発電所のある町であったことを、この事故のあとに識ることになったのである。

そこは富岡町といい、福島県の港町でもあり、林業、農業を営む平穏な場所であったのだ。その町に起った天災、津波、地震によって、すべてがでんぐり返ってしまったのであった。突然にその町を追われ、さまようことになった人々。

突然に住み慣れた土地を追われ、それまで営んで来た、林業、農業、その土地と家を捨て去ってその地を離れざるを得なくなったのである。集中に、

わが家に置き去りにせし犬のヒロシいづくに生きむただ生きて欲し

という一首があるが、いかにも哀切でそのときの切実な思いが一首からも思い知らされる。

いったい、何故こんなことが起り、人々はただただそうした事故を受け身として随わねばならないのか。こう書きながら怒りは湧き上がるばかりである。

この歌集一冊を編み読んでもらうことで、この思いを一人でも多くの人に持ち、一緒に声をあげてもらいたいのである。

二〇一九年三月

雪ふれば雪　花咲けば花　目次

序

第一章　二〇一一年三月十一日より

第二章

第三章

装幀　倉本　修

歌集　雪ふれば雪　花咲けば花

山田純華

止まりたるままの時ありふるさとの「彼のとき」と言ひ時取り出だす

第一章

二〇一一年三月十一日より

時取り出だす

診察を受けゐし我は大揺れて思はず摑む医師の腕《かひな》を

鎌倉にゐし我なりてシャッターを降ろしし駅はごつた返しぬ
診察の為鎌倉の医院に

知的障碍者施設の避難

障碍を持つ子らと夫は大越に　吾は東京におろおろと居ぬ

夫は施設の理事長　大越は福島県田村市

東京の娘の家に身を托しひと日遅れて「爆発」を知る

爆発せし原発建屋の放映にただ呆然と息をのみたり

資材運ぶ最終便で羽田より雪のふぶける大越に着く

知的障碍者三百人の世話をするわづかなる職員毛布かぶりて

入所者を世話する看護師新築の家は津波に流されぬと言ふ

糞のなかおねしよの寝具を幾枚も若き介護士頬赤くし洗ふ

己が子は避難所に置き入所者の襁褓を替ふる介護士のあり

施設の子受け取りに来し家族あれど連絡とれぬが大方なりき

援助物資とどかざる日々近隣の農家より届く飯《いひ》と生乳

貴重なるガソリンなれど暖房し車内に眠る雪ふる夜を

ただならぬ気配を察知するらしき入所者の背をただ撫でてをり

ありがたくいただきてをりひと切れの沢庵おにぎり味噌汁一杯

障碍者の薬を求め病院を幾所も巡り夜半になりたり

誰かれと連絡とり合ひ確認す津波に逝きし人家失ひし人

目に見えぬ放射能におびえ日々をゐる我らに寒さはつのりくるなり

餌もなく繫がれしままのヒロシ君放射能浴びつつ吾を待ちゐむ

わが家に置き去りにせし犬のヒロシいづくに生きむただ生きて欲し

娘の住む東京に行けと大声に夫は言ふなりためらふ我に

職務持つ夫置きゆけば永久の訣れの思ひこみあぐるなり

入所者の先頭に立ち指示の夫置きゆくことは我をさいなむ

入所者の三百八十人を引き受けくれし「鴨川青年の家」に三日かかりて

障碍者の三百八十人と共に千葉の鴨川に移る

幾度も差し入れ有りと嬉しげに夫の電話の声はづむ朝

避難先の海にあこがれ服脱ぎて小六の女児四月の海に

メルトダウン

メルトダウン遂にその日は来りけり安全神話にまどはされゐて

恐れつつまさかと思ひ過ごし来て爆発事故の避難者となる

わが町に使はるる電力にあらざりき避難者となりさ迷ふわれら

大地震、津波、原発事故のありこの三重苦を受くる吾らは

原発の事故に命をかけてゐる人らの無事をただ祈るのみ

原発と共存共栄あり得ぬに未来永劫と思ひゐしわれら

鴉の声

大地震《なゐ》のあとわが耳に入りたる鴉の声は十日ぶりなり

放映の避難者の中にわが町民いくたりもありややに安堵す

不明者の名を次つぎと電話にて夫の言ひ来る声に崩れぬ

もう限界と避難者のメール絶ゆるなし人間の核は家庭にあれば

原発の崩壊現場の撮影にＮＧ・カットなくてあらなむ

唐突に避難区域と決められて吾らは突然「難民」となる

この国に難民生れぬ郡内の八万人のそのひとりなり

不自由なくあり余りしを避難して百円ショップの洗ひ桶買ふ

フクシマと言へば忌まはるるものなれどわがふるさとは優しきふくしま

富岡と言へばたちまち連れ行かる検査室にて「線量はなし」と

グーグルに見る

わが家は崩るることなくありといふ無ければ未練なぞあらざるものを

第一原発《イチエフ》ゆ直線八・二キロのわが家をグーグルに見る芝生あをあをと

毛布にて寝ねてをりしが通販の夜具を購ふいつまでならむ

免罪符のごとく言ふなる「想定外」国も東電もしどろもどろに

持ち出したき品々を日々思へども一時帰宅をいつまでのばす

ふるさとのわが地に青き風うけてつばめ飛びゐきまなこつむれば

第一章

赤坂プリンスホテル

原発への憤怒悲しみすべなくて弁慶橋の下に投げ込む

皿をもち鯖の味噌煮の列にゐるマスコミのカメラ容赦なき音

わが三町の放射線量いかほどか三ヶ月すぎても数値示さず

みごとなる韮三束で五十円買ふ人もなし福島産は

原発事故に家に帰れぬいらだちを逆なでするやう東京のサクラは

やりどなき怒り悲しみ堪《こら》へつつ見るショーウインドウの春色の服

避難所の赤坂プリンスゆ見るネオンかくも明るくはなやぎてをり

わが町の第二原発《ニイエフ》作りし電力もかつてはここに灯りゐたらむ

わが町の幾人東京にきたのだらう慣れぬメトロに吾はさ迷ふ

六月もはや過ぎゆくか黄ばみたる梅の香にほふわが家恋ほしも

ふる里のはらから山田銃砲店猟銃六挺盗まれしと言ふ

盗人のやり放題の町となる警官さへも避難してをり

庭樹樹に聞きてもみたし避難後の水素爆発の空気のゆれを

一時帰宅　二〇一一年七月三十一日

息遣ひなきわが町よわが家よ一時帰宅の七月となる

避難区域十キロ圏内のわが家に防護服きて帰るなどとは

渡されし黒き袋の一枚に家ごと入れたし一時帰宅に

わが家はそのままあれど飛ぶ虫もなく雑草の恣なり

首にかけし線量計は七を指す一時帰宅の二時間ほどに

五ヶ月前干したる物もそのままに片付け出来ぬ二時間を経ぬ

帰り際バルサン焚きぬもうすこしこのまま居たき無音の家に

借り上げの部屋

ためらひと祈りを込めて茶を点てぬ言ひたきことも閉ざししままに

避難所に位牌ふたつを並べ置くダンボールのうへに風呂敷しきて

眠剤に醒めぬ体を叱咤して借り上げの部屋にラジオ体操す

憤りいづくへ向けむ心萎え晩夏のひかりのなかを歩むも

「けえられんだっぺない」とすがり問ふ老いにやさしき嘘をつきたり

輪のなかに見えざる人も踊りゐむ送り火揺るる仮設の盆踊り

キャスター持ち昨日は田村けふは千葉電車にゆられ浮草のごと

五キロにて七百円の米を買ふわが家の倉庫にコシヒカリ積みて

書類をば摑みしままに眠る夫三百五十人の居住決まらず

明日の朝仮設に帰ると言ふ夫に五合の米とぐいつまでならむ

避難して他郷に学ぶ児のなかに廃炉を担ふ科学者生れよ

荒野とはなりし田畑ゆあらたなる毒を噴くなるこの実態を

時かけて波の洗ひし砂浜に曳かれしみ魂に晩夏のひかり

駅駐車場に置きしままなるわが車　津波に呑まれいづくへゆきし

テロ侵入の危ふさをもつ原発よ暗然として地球儀まはす

魔の建屋

ビル街のうすき三日月、長方形の空のさびしさふるさと逐はる

林野庁長官賞受けしわが檜山《ひやま》セシウム・ストロンチウムに霊気もまみれ

眼つむればありありと見ゆわが家を囲む三千本の檜の林

避難所にて逝きたる人よいか程か帰りたかりけむ言葉のこさず

手を伸ばさば届きさうなる魔の建屋冷温停止に人の影八千人

廃炉なす工事のクレーン林立すあのそのあたり行くはかなはず

厖大なる瓦礫の処分もままならず中間貯蔵は最終処分か

末枯れたるあら草一面広ごりてさながら死の町冬の日は照る

稲作をともに励まし語り合ひし隣やの友いづこなるらむ

夕暮どき背に太陽と噴霧器を背負ひて帰りきまだ若かりき

常磐線・常磐道は不通なり除染はいかなる手にて為さむか

縁側の真中に置ける籐椅子は人なき家に冬日浴びゐむ

二次帰宅　　二〇一一年十一月末

完全無垢の防護服にて帰宅をす線量計は八マイクロシーベルト越す

喪失感・絶望つのる二次帰宅畳の汚物に呆然と立つ

獣らの鼻つく異臭は家中にこもりこもりて息さへ辛し

ピッピッと音たて線量増えてゆく見えざるものをひたに恐れつ

二時間の放射能線量は七を指す帰る、帰れぬああいつまでか

荒れし庭をやぶこぎのごとく進み来て福寿草の黄をみつめゐるなり

この家に帰るは今年最後かと二次の帰宅に四方確かむ

持ち出しし荷物の線量計れるを待ちつつをりぬスクリーニングを

去年造りしブランデー梅酒の十本は否と言はれて捨てに戻るも

群れながら仔牛もまじり田と畑の放射能の付く枯草を喰ふ

町なかはすでにゴーストタウンなり猪豚四頭県道あるく

鳥の声きかざるままに帰り来ぬ晩秋の風身にしむなかを

強制収容所

避難所を「強制収容所《ラーゲリ》」と呼ぶいわき市の街なか歩む避難者われは

さはさはと葉ざくらの鳴る夕まぐれ終の住処をいづくと決めむ

線量は昼の八時間の計算とふ二十四時間呼吸をするに

ほとばしる雪解の水のきらめきて蕗の薹ふたつみつほつほつと生ふ

一ヶ月前会ひにし人の通夜なり、おらぁ帰りてえとの言葉の還る

コインランドリーに冬物洗はむ、ああ帰るあたはざる町に我が家のあり

窓を開け薔薇の花枝を手折りたるかの初夏はふたたびあらぬ

三次帰宅の通知来たりぬ人数と車の車種とそのナンバーを

被災者はこの町去れとふ落書きあり空つ風ふく町よぎりゆく

土地柄によりて人柄も異なれり列島ひとつの島といへども

年の瀬につのる思ひあり避難者のいづくに住むも幸せにあれ

捻子切れの振り子時計

四次帰宅に樹々のうごくがごとく見ゆ放射能のなかメタセコイアも

入りゆけば玻璃戸ふるはせ風はなる思ひ断たれぬわが家わが庭

わが土地をただにし自由に巡りたしストロンチウムセシウム覆ふ

この後は造り得ざらむ梅酒など梅雨に濡れつつ梅太りゆく

太りたる牛十三頭がよりてくる自由と言へどひとときならむ

子を三人《みたり》産みて育てしわが屋敷草木しどろに梅雨に濡れゐる

捻子切れの振り子時計は動かねど急がねばならぬ放射線量は八

この高き線量にもはや驚かず手荷物つくる慣れはおぞまし

家屋敷田畑山林原発に奪はれ子孫に残す一物もなし

電流の通はざるまま電柱の影長くひく無人の町に

冥界のウラン

冥界のウランこの世に現出し十一カ市町村の避難民生む

さぐり得ぬ燃料デブリ　第一原発《イチエフ》の「白亜」の四基くづれしままに

第一原発《イチエフ》の作業車が運びし放射能か国道六号の線量高し

いまだにも山林評価は示されず除染かなはず立木のたかく

冷やかに趣味のせかいと言はれけり財物賠償に書画骨董を問へば

一群のすずめの宿となりてゐむわが庭に立つ金木犀の大樹

見得もあり痩せ我慢する借り上げに師走の風は容赦なく吹く

アパートの隣はいづれも知らぬ人いつしか慣れて声ひそめ住む

百本の色とりどりの百日草活けてわづかに活力もらふ

難民にあらざりわれは避難民初秋の風に背を押されて

おいてけぼりにされたるごとし借り上げの西陽さすへやの無為の空間

借り上げの窓焼く落暉に眼とづ何におびゆる吾が長き影

小さき町の小さき史跡に名所などいづれ忘れむはなびらのなか

しげりたる背高泡立草を肩で押す除染の効果を畑に問ひつつ

風立ちて泡立草のつと嗤ふ咲きさかりゐて線量は七

天にのび秋薔薇咲きぬふたつみつ風哭く庭に目をとぢて立つ

わが裏の小さき沢を界とし帰還困難区域・居住制限区域と分かつ

わが土地に結界をなす柵ありて風はしづかに往き来してをり

澄み渡る北の空見ゆシャガールのベラのごとくにとび帰りたし

立ちのぼり海ひとつをば抱くごと夕陽にま対ふ晩秋の虹

佐藤祐禎氏を悼む

自らを猪突猛進と言ひてゐし春浅き日に逝き給ひけり

天泣のひかりのなかを歩みゆく病む師を思ふ秋桜ゆれて

疲れたと言ひてどつかり胡坐かきぬ倒れたる日の五日ほどまへ

ひと月も眼開かずに眠る師よ茂吉の歌を誦じゐむか

眠りたるままとなれどもこれの世の息吸ひてゐると思ひをりしが

一夜とて過ごすことなき新築のそのひと部屋にいまは横たふ

大石芳野氏に撮られし遺影のかたゑくぼ春の彼岸に弔辞のひびく

夏なれば糖度のたかき「桃太郎」植ゑ農をしたきとつぶやきをりしが

霜月の「未來」に載りし師の御歌最後となるを読むばかりなり

恩師の手をはなれてひとり歩きすと師の「青白き光」三刷となり

「大熊のそら渡るとき雫《しどけ》せよ」と詠ひ残されしか　けふ北帰行

哀しみはしづかに暈をひろげゆく恩師の逝きて避難二年《ふたとせ》

富岡川

浜風にゆるるひなげし金盞花失せたるものの多きを想ふ

町あげて原発避難の訓練を年ごとにしき詮無きことを

ボランティアは楽しかつたと言ふ若者よ埃をつけし髪はにほへど

受話器よりとび出す訛りにふるさとの茶の間がみえてさくらがみえる

「原発反対」のマイク響かふ昼つ方失ひしものとめどもなくて

飛び跳ぬる鮎の稚魚をば放流せし富岡川の水の清さよ

夏つばき

角太き牛はわが庭歩みゐるおほきまなこを潤ませながら

山法師泰山木はた夏つばきセシウム浴びてまつ白に咲く

倒れたる墓は苔むしたるままに三度目の盆を迎へゐるなり

墓石にペットボトルの水を掛く言問ふごとく風のざわめく

みちのくの盆の送り火遠花火散華のごとく散りてゆくなり

除染されしものを包める黒きふくろ列をなしつつ田畑に置かる

青空に中和剤撒き放射能溶かしほんたうの空のただ欲し

泥つきの茄子や南瓜をいただきて思はず撫でぬ　かつて作りき

放射能に蕨竹の子喰へざるは戦中よりも辛しと言ふ老い

命あるもの

十階にひびく蟋蟀にちからあり命あるもの今を生き抜く

かかる世を生き抜きゆかむと獣らは喰ひしか庭の球根あまた

原発の作業員宿舎の次々と　彼らに託さむこのわが町を

駅舎ながれ線路うしなひふるさとの乗る児らのなき銀河鉄道

とみをかに近づくにつれ高鳴りて放射線量の音は異界を叫ぶ

防護服つけて入りゆくわが家に師走風ふく枯れ草のいろ

避難地に移さむ位牌先祖の霊　住職もまた防護服つけ

原発の災害なべて喪ひしこのかなしみを負ふ先祖の霊と

人住まず荒れたる四囲に増ゆるもの　猪豚五頭が庭土にゐる

夜の森のさくら並木のひつそりと如月の雪を覆ふ線量

過去《すぎゆき》は雫のごとし逐はれ来て烈風の吹く如月一夜

うぶすなの里はいかにか　富岡に去年《こぞ》も今年も国は帰さず

第三章

原発造語

ま青なる冬空に映ゆる熟れ柿を鳥だにとばぬとみをかの町

三年《みとせ》目の初春なれど故郷の山河に帰れぬ原発地帯

立春に帰り来たればわが家を埋めつくして雪ふりしきる

すでにして座敷童も赤鬼もわが家を去りぬ　鼻つく異臭

ひともとの山桜の樹に積む雪の透きとほるなりしんしんとして

海底の水藻の花を見て来しか引き上げられしわが車あり

船底を冬陽にさらす船二艘枯れ蔦太くからみからみて

人も家も駅舎も線路もさらひしを帰宅時に見る　生きてゐる海

いさぎよく家を壊すか　この現実に耐へがたくしてふるさとの家

このちに住めぬこととは思はずに避難せしかなわが家なれば

『大辞泉』に「解体除染」といふ語なし原発造語つぎつぎと生る

先人ら拓き守りし故郷なりおごる企業に壊され逐はれ

「避難民・フクシマの人」と括弧にてくくられ三年さまよふものか

価値のなきものとなりたるわが家に募る思ひよひゆるる啼く鳶

汚れなき雪に踏み出だすためらひを思ひ出すなりふるさとの日々

何もいらぬただ普通のくらし恋ふ春爛漫などいづくにかある

黍の髭

わが町の国道沿ひに置くといふ十万ベクレル以下の特定廃棄物

「苦渋なる決断なり」と知事は言ふ特定廃棄物はわが町に

ひとつ捨て二つ三つと捨ててゆく捨てられざりし我が家の歴史

積まれある布団寝具を捨ててゆく思ひ出ほろほろ双手より落つ

いま一度娘に弾かるるを待ちゐしかピアノは庭に持ち出されゆく

青あをと伸びたる草に置くピアノ今しばしゐむ追憶のなか

他県へと家土地もとめ山田とふ氏のうからは失せてゆくなり

蜀黍を三本かかへをみなゆく　その髭ほどの安らぎの欲し

うぐひすは愛ほしきまで長き間を囀りてをり咽ふるはせて

すでにして見慣れし荒野となりしかど我が家のめぐりの野辺のやさしさ

黙したる背

神の手ゆ夜空に置きしごとくあるブラッド・ムーンの哀しきひかり

立冬の宵の明星みえかくれ避難の日々に生き難くゐる

無人となりし町に今年も白鳥は飛来してをりつつがなくあれ

ふるさとの土にまみれし体なり避難の日々に古希も過ぎゆく

防護服ぬぎて居ならぶ男らの黙したる背は廃炉を背負ふ

二千本の恵方巻きときどき男らの声のにぎはふ除染作業所

雲のなき青き空なり避難して三年《みとせ》十月《とつき》の年あらたまる

津波後の砂に根を張る浜豌豆みどり葉ひろごる四年目の春

雷《いかづち》は北に向きゆく　中空《なかぞら》にこころの天秤わづか傾く

父の遺言状

思ひかけず父の遺言状の出づ生家の祖母の隠し箪笥より

二〇一五年三月

「開封ノ時期ハ戦死ノ公報ノ入リタルトキ」との表書きあり

戦地よりの文は七十余通なり折り目はやぶれ吾が指汚す

七五三の祝ひには必ず帰らむと吾を抱きし父は帰らず

吾を抱き「賜物」と言ひ征きしとふ父よいま原発難民われは

封書には「検閲済」の印押され父の書状は「お国の為に」と

みどり児の吾を案ずる文ありぬ海のかなたの奉天市より

逝きましし父の名前を掌に祖母書きくれし幼き日の夏

戦死者は蛍となりて還るといふ　川蜷《かはにな》を手に掬ひて放す

埋み火を抱きて集ふ遺族会昭和は遠くとほくなりたり

草生の町に

捨ててゆく紋付袴振袖よ　葉擦れ騒だつ住み慣れし家

あの袋この袋にもわたしらの暮らしの念ひ詰まりゐるなり

町内にフレコンバッグの数増して家族の歴史は捨てられてゆく

防波堤の崩れしところに波は寄す海よいくたり連れて行きしや

人去りし草生の町に一面のソーラーパネルは春陽浴びをり

放棄田にソーラーパネル敷かれゐて茜に染まり農変りゆく

さくら色の服にてうたふ「さくらさくら」避難の地より集ふ女ら

常磐道開通となり作業車は三十秒に一台、二台

まぼろしの凧

町民歌に「科学の技」などありしかばわれらはそこを外して歌ふ

米作りできぬ村人は組をなし除染するなり昨日も今日も

原発の事故ありしより五年過ぎやうやく除染となるわが屋敷

わが土地の除染はひと日二十人で二ヶ月かかるとおもむろに言ふ

冬ざれの田畑の土ははがされぬ除染に肋骨さらすがごとく

正月の空澄みわたるふるさとの空にあがれるまぼろしの凧

乱れ伏す枯れたる草に雪は積む切なきまでにわが町しづか

伝来の地を逐はれたり　春浅き日の霜柱さくさくと踏む

見得をきる庭の黒松わが家の晴と褻《け》の日々眺めきたりぬ

雪被く黒松の見ゆ植木屋は「相馬恋しや」唄ひゐしものを

いくばくの歳月われにのこるらむ持ち来しアルバムの汚れをふきぬ

アルバムのあまたの笑顔　冷えびえと如月の月滲みてをりぬ

終のいへ追はれてかくて北国の啄木のごとく吾は旅をす

かへる家あらぬ吾が旅　草枕流れに逆ふ石狩の鮭

ふるさとの人らと集ふ一夜あり声をつまらせこれからのこと

追はれ来て語りつくせぬかの日よりなじまぬままに寒の水のむ

雑草に荒れにしままの畑中にわづかばかりのすずな・すずしろ

樹々芽吹き山はふくらみ山桜笑まふごとくにふるさと　真昼

シシュフォスの科

足のうらはうれしかりけり失はれゆくふるさとの春の土踏む

いまだにもメルトダウンをさぐり得ず水にあらざる水増えてゆく

サブドレン汲めども尽きずシシュフォスの科のごとくに今日も水汲む

サブドレンにて汚染水を汲み上げている

作業せぬメガフロートは波にゆれかもめ群れとぶ塒となして

窓のなき白き焼却炉増えてゆくとみをかに咲くさくらのなみだ

五年経し第一原発《イチエフ》、第二原発《ニイエフ》とめぐり来て帰らむとする　さくらも過ぎぬ

残したる枝垂れ桜の花びらの紅の間合ひに若芽のみどり

幾度も「帰去来辞《かへりなんいざ》」と思ひたり花咲く季はことさら思ふ

紫木蓮ほろりほろほろ　ふた声に雉子ゐる庭を去りがたきかな

ふるさとは瘦せてしまひぬ

五年経て燃料デブリ探り得ず「石棺化」のこと取り沙汰されぬ

汚染水を減らさむための凍土壁思惑どほりにゆかぬ歯痒さ

ふるさとは瘦せてしまひぬ除染されいろもかをりも失はれゆく

作業する人らのなまりのなつかしも背で聞きつつせつなくなりぬ

如月の荒れ田を除染する人らミレーの「落穂拾い」のごとし

森林の除染許さぬ友をりてみどりの中に棲む鳥、けものたち

昆虫も鳥も獣も逃れ来る除染せぬ森は友の持ち山

手つかずの森は未だも生きてゐる橅《ぶな》の葉ずれのただに懐かし

方向の定まらぬまま六年目きのふもけふも吾のみの刻

「大原10」

晩秋の遮るものなき銀の海逝きたる人は光のなかに
避難することのかなはぬ庭樹木は帰りゆくたび我を揺さぶる

ふたみひら開きそめにし木犀のかをり身に沁む彼岸中日

復興と絆の文字あふるれど増ゆるは猪と作業員宿舎

さまざまに揺るる心を抑へつつ祠の風に身を委ねをり

鷹の爪輪切りになして窓に干す原発避難現在進行形なり

朝あけて君が指さすひむがしにはるかになりぬわがふるさとは

かにかくに昨日をけふを立て直しまちなか歩む逃れし街に

ま青なる北の空へとしろがねの伝書鳩ゆく　文渡したし

はらからに旧き住所を書きてやる「大原《だいばら》10」を忘るるなかれ

捨ててゆく本

おぼおぼとフレコンバッグに本つめぬ捨てさらむものにかなしみ抱き

若き日に心ふるはせ読みてゐし線量まみれの司馬遼太郎手放す

袋よりかすかなるこゑの気配あり芳美・周平われを支へき

子の三人《みたり》本読み耽りゐし夜々よ積み置く本を風めくりゆく

黙しつつ本を捨てゆく紙魚走りふくらみてゐる日本書紀はも

なぞりつつ読みしことある和綴ぢ本　作業員らはどさどさと捨つ

捨て難く置きし書物を捨つるなり四トン車にして二台あまりを

第四章

震災の以前には農業を営む平穏な生活があった

仏の座

杉・檜の苗の根を伐る農始めスコップふるひ雪払ひゐき

気の向くままにわが造りたるこの庭の木漏れ日の下いかり草咲く

大声に豆撒く夫の声たのし座敷童も出て来るやうな

座敷童・鬼も棲みゐるわが古屋いつしか仲間となりゆくごとし

梁の上に棲みゐる鬼よ出るなかれ豆は撒けども外は吹雪くぞ

草を掻く鎌しばし置く畑なかにゆれゐる仏の座の群落に

山峡にもも色かんざし挿すごとくあけぼののつつじの咲けるふるさと

身籠りしからだ重たく泥田這ひ田草とりにしかの日なつかし

身丈より大き藁《わらしべ》嘴につばめとびゆく早苗田の上を

神々の宿るかあぶくま山脈の被ける雪に朝の日の差す

モンペはき草むしりする吾を見て媼は笑ふ姑に似たりと

地下足袋

庭の木はくすり撒かずと夫の言ふ雛のすずめの声のたかきに

初飛びに失敗したるすずめの雛わがあし元にふるへてをりぬ

嫁ぎ来てはじめて農を教はりし遠き日なつかしみな若かりき

地下足袋の小鉤をかけて朝露の残る畦ゆくわが犬従き来

久びさに高鳴く牛の声なつかし素手に捕らへし若き日のあり

逃げし牛をひたすら追ひてやうやくに鼻環引きつつ帰る夕暮れ

謀られしことなどすべて過去とせむ夫とワインを飲み交ふ夕べ

忘れたるままに鳴りゐるラジオ聞き雉子はいぶかるさまに見かへる

遠き日の農する頃に楽しみし郭公の声尾長鳥の群れ

孫生れて異国の平和願ふなりガザ地区の放映消して起ちたり

水底の青白きひかりチェレンコフ光見つつ広島のかの空を思ふ
二〇一〇年十一月京都大学原子炉実験所見学

ひねもすを雑草取りに励むなり炎天つづきに土かたき畑を

校長案山子

秋日うけきらめきながら飛び交へる三羽の鳩は雲にまぎれぬ

双葉活断層のわが地に建ちたる原子炉なり中越沖地震はひとごとならず

十本の案山子立ちたる学習田ひとときは目を引く校長案山子

雨やめば野良着に着替ふる日々なるを思ひて本読む小さきしあはせ

涼風の吹きし朝《あした》にセルを着し祖母の声顕つ立秋のけふ

三百俵供出したる年もありきすべて手作業なりし彼のころ

はだ寒き今宵は蟋蟀のセレナーデひとり聴くなり月かげの下

埋め立てに聳ゆるごとく立つ倉庫稲波広ごる田原のなかに

金木犀の甘き香ただよふこの朝けカーテンめくる心たのしく

ささやかな平穏のぞみ過ごさむを原子炉配管の水漏れを伝ふ

稲刈りを終へたるのちは原発の作業員となるわが地の人ら

凍て風

日溜りをもとめて移りゆく犬の繋がれし綱のその長さまで

藪柑子千両万両南天の朱実のあざやか霜置く庭に

うつすらと雪をかぶりて陽を返すざうさんのすべり台幼を待ちて

送電塔くらき夜空に高々と首都へとつづくはたては見えず

天も地も分かちなく吹く凍て風に一面の雑草みもだえをせり

野火の火は風呼び疾風のごとはしる降る雪と灰ととび交ひながら

高らかにジングルベルをうたひゐる障碍持つ子の四小節のリフレイン

相馬野馬追

艶の良き馬の手綱をとるをさな陣羽織つけ眼見据ゑて

神旗めざし騎馬武者は駆けはためき合ふ旗差し物の風に鳴る音

ひしめきて鞭ふりかざす騎馬武者らに天《あま》より神旗はゆるやかにくる

神旗とり一気に御山駆け上がる騎馬武者の顔泥にまみれて

遠き世のまざまざとして野馬追の陣貝吹けり神旗舞ふなか

一千年のいきづき伝ふる野馬追の騎馬の武者みな祝酒あぶ

野馬追の神旗とりたる娘はすでに外つ国に住み愛馬も死にき

麓山の火祭り

富岡町の盆の行事

年に一度の火祭りを待つ男らは松明《たいまつ》つくるいきいきとして

女人禁制の麓山の火祭り盆の夜を二十余の松明山のぼりゆく

「千灯《せんどう》」と唱名《しやうみやう》となへつつ松明を担ぐ若きら山頂めざす

晒し巻き肩に火の粉とぶ松明を幼は担ぐ口引き締めて

担ぎたる松明の火の流れゆき半裸の男の肌かがやけり

第五章

毀たるる家

降る雪に身震ひするかきしきしと空洞となりしわが家が鳴る

解体の知らせ来たりしわが家の部屋ぬちに塩置きて礼なす

舅姑《ちちはは》の声あふれゐしこの古屋冬日さし込む仏間の温し

終となる正月むかふる我が家に小さき鏡餅ひとつを供ふ

周りの木伐られし氏神ぽつねんと歳晩の風渦まき吹けり

原発にわが家は解体されていくここは厨・居間と目つむり想ふ

子の立ちてあゆみ初めしは芝生なり剝がされいつしか砂利の敷かれて

毀されし墓地をわが家を初雪は鎮むるごとく降りてゐるなり

風花の夕べをふいに逝きし舅原発爆発知らざるままに

白梅に薄氷《うすらひ》を置く彼岸日の家の更地にただに立ちをり

ときながく咲きてこぼるるさざんくわの主なき里の万の紅《くれなゐ》

地図にさへ残るかわからぬ富岡町三月帰還の公報は来ぬ

ふるさとに置きしままなる六面の碁盤かたりと鳴りてゐるらむ

吹く風に波立つごとき長月の稲田は遠きまぼろしとなり

秋の陽のくまなく射しゐし故郷はしらしら芒の原となりけり

こころして農一筋に生きむとし田畑肥やしてきたりしものを

うつろひてゆく季愛しみ過ごさむとみづからの為フリージアを買ふ

花いちもんめ

町民のをらざる町にひびきゐる解体・除染・リフォームの音

まぼろしとなりたる家に風わたり逝く夏の日の細き雨ふる

「廃棄物」になりゆくものに名を書けばかの日の子らの笑ひ声ひびく

廃校となりし郡内の高校生いづこに青春の日々を送るや

朝に夕にあいさつの声明るかり鄙には鄙の高校ありて

借り上げの部屋に届きし胡蝶蘭飛び出さぬやう空に線引く

避難せし人は庭なく新盆のじやんがら踊りは駐車場にて

白鳥の去りし川面の昼下がりひとり遊びす春のひかりは

をさな名で吾を呼びくるる老いのありふるさと恋し花いちもんめ

ユトリロの描きし絵かと目を凝らす晩夏の日ざし照らす街上

狛犬

スーパーの「さくらモール」にひと集ひ七年目にして町動きたり

晴れやかに力ある音きしませて六年ぶりの電車来りぬ

産土をとりもどさむとおみならは花植うるなり六国路肩

わが町の原発四基やうやくに廃炉となるらむ七年目の梅雨

廃炉とは男の生き甲斐　イチエフの作業員らはかく語りゐる

世界中に放映されし爆発の建屋はすでに覆はれてをり

流れくる地下水さへぎる凍結管原子炉建屋をひとしばりにす

父祖の地は猪・狸・あらひ熊歩きまはれる荒れ地となれり

わづかなるマーガレットを植ゑ替へぬ避難前にありしその墓の辺に

銀の糸ゆらゆら揺らし蜘蛛ひとつ雪むかへにか空に飛びゆく

冷凍のごはんは飽きたと夫の言ふ　退けぬ仕事にひたすら七年

退職を決めゐし夫が震災後俺がやらねばと八年を経ぬ

寒いぞといたはるごとく風邪声に言ふ夫にまだ世の仕事あり

思はざる悲喜劇の日々あり了へて粛々として仮設とぢゆく

ふたたびの転送を経てユニセフの寄付乞ふ封書われに届くも

吾のもとに着かぬ便りもありぬべし七年目に届く一葉のあり

わが家の更地の跡に残りたる狛犬二匹黙しふんばる

せつなきまでに重き荷をかかへゐる蒼きガイアの冥き第一原発《イチエフ》

雪ふれば雪　花咲けば花

毬となり空をおほへる桜花バリケード越しのふるさとの花

ほんたうの土の埃の農道を歩いてみたし　街路を歩む

家一軒捨て来しことよ雲ながれ水ながれゆく何を欲るなく

棄民なる境涯まさかにひともとの花咲く下にひえびえと佇つ

青桐の葉擦れの音にをさな児を背負ひ涼みし日々よみがへる

いづくよりか風にのり来る「帰ろかな」太くしやがれし男《を》の唄のあり

慣れぬまま終の住処となりゆくか振子のごとく歩むこの街

失ひし後に知りたりわが町の豊かなりしこと誰も彼も言ふ

まさびしく末枯れし立木に赤く浮く時空を超えし立待の月

雪の原見をればふとも兆しきぬかの日ののちは巨きなる嘘か

もどらざる平穏なりし日々いとし　雪ふれば雪　花咲けば花

あとがき

二〇一一年三月十一日の東日本大震災、福島第一原子力発電所の爆発事故からはや八年の月日が経ちました。

当時私は第一原発から十キロ圏内の福島県双葉郡富岡町に住んでおりました。原発の爆発により自然豊かな美しい故郷、歳月をかけて培ってきた生活基盤、財産の全てを失いました。事故の後何度も避難所を換えながら、現在はいわき市に落ち着いています。

事故から五ヶ月を経て漸く一時帰宅を許されました。つなぎの白い防護服、七十センチ四方の黒いナイロン袋一枚を渡され、バスの中で、冷蔵庫は開けるな、庭樹にもその葉にも触れるな、と言われながらの一時帰宅でした。

家はところどころ壊れ、草木は伸び放題、家の中は動物に荒され、全く廃墟と化しておりました。

二〇一三年頃から田、畑、家屋などの除染が始まりましたが、わが家の放射線量はまだまだ高く断腸の思いで家を解体することにしました。家中のものを入れ捨てたフレコンバッグは百個以上、何よりも切なく辛かったのは四トントラック二台分の蔵書を捨てた時でした。「人災」による悲しみ悔しさは、後から後から募ってくるものでした。

振り返ってみますと福島県の浜通り、双葉郡の町村は農業を中心とした漁業、林業などで生計をたて、出稼ぎをしなければならない程の貧しい地域でした。中でも富岡町は、昭和三十一年全国初の「地方財政再建団体」として今日では想像も出来ない超緊縮財政の町でありました。原発工事が始まり、町は活況を呈することになりました。建設の工事反対運動も起こりましたが、原子力事業で潤った暮しに「未来のエネルギー・原子力との共存共栄」という風潮が続いていたのでした。

原子力発電所の発足時の計画から完成までの期間、身近な環境の生活の中で深く関わって来ましたので、このような事態を非常に残念に思い深く心を痛めています。

『雪ふれば雪　花咲けば花』は私の初めての歌集です。主に震災後から詠んだ歌です。

あの事故から八年が過ぎて一冊に纏めてみようと思いたちました。

これまで短歌をご指導くださいました「未來」の櫻井登世子先生、いまは亡き佐藤祐禎先生、「銀河の会」「水流会」の皆様に厚く御礼申し上げます。短歌を通して良き師、良き友に出会えたことは私の深い喜びです。

また本書の出版の準備段階から相談に乗って頂いた「未來」の桜木由香様、佐々木喜代子様、そして長い間山田の家を温かく見守りくださいました遠藤篤子様に深く感謝申し上げます。

角川『短歌』編集長の石川一郎様、制作担当の吉田光宏様には本書の編集、装幀万端にわたり大変お世話になりました。厚く御礼申し上げます。

二〇一九年陽春

山田純華

著者略歴

山田純華（やまだ あやか）

本籍
　〒979-1151　福島県双葉郡富岡町大字本岡字王塚697
現住所（避難先）
　〒970-8026　福島県いわき市平字新田前3の1
D' レスティア平三倉1005
（本名）山田叶子《ともこ》

歌集　雪《ゆき》ふれば雪《ゆき》　花《はな》咲《さ》けば花《はな》

2019（令和元）年6月25日　初版発行

著　者　山田純華

発行者　宍戸健司
発　行　公益財団法人 角川文化振興財団
〒102-0071 東京都千代田区富士見1-12-15
電話 03-5215-7821
http://www.kadokawa-zaidan.or.jp/
発　売　株式会社 KADOKAWA
〒102-8177 東京都千代田区富士見2-13-3
電話 0570-002-301（カスタマーサポート・ナビダイヤル）
受付時間　11時～13時 / 14時～17時（土日祝日を除く）
https://www.kadokawa.co.jp/
印刷製本　中央精版印刷株式会社